鬼のすみか
果てのすみか

竹林館

鬼のすみか
果てのすみか

嶋村キヌ子詩集

目次

III

*

Ⅳ

鬼のすみか
果てのすみか

鬼のすみか　果てのすみか

I

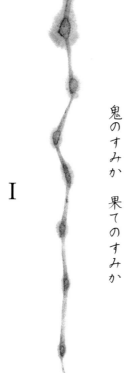

まつり1

――左義長

のうめんの
おんなが
まつりのなかを
消えていく

男たちの
おしろいの
むせかえるなかに
派手な長じゅばんが
ひるがえり

ざわめきどもと
おんなの

あやしげな
さそいに
人ごみのなかを
すり抜けて

男どもの
奇妙な
ようえんさ
ただよわせ
すり抜けて

のうめんの
おんなを
まつりのなかへ
さがしにいく

まつり２

まつりは
風と共に舞いあがり
吹きあげられる
音はない
ひとの動きばかりが
右に左にゆれ
風は
ひとのまわりばかりを
音もなく舞う
十何年か前の
まつりひろばに

にぎやかな音と
ひとのざわめきを
運んでいった時
そこで
ゆきどまる
能面をした
おんながたたずんで
あかごは無事に生まれた
つれておいで
つれておいで
そう言って
にこやかに笑い
いとも簡単に
あかごをだきあげ
つれ去ろうとする

まつりばやしは
ひとごみの中に
あかごをかき消し
借財を背負わせようとする
あかごと共に
おんなを
のみ込み
風は舞いつづけて
まつりは
風と共に
舞いあがり
吹きあげられる
ひとのざわめきは
それから
はじまる

まつり３

おかめと　ひょっとこが
見えかくれする森の中
ドコドン
ドコドン
ピーヒャラ
　ピーヒャラ
玉砂利踏んで
誰かが来るぞ
キラリ　光った口もとは
誰ぞ　おぬし
ひらり
ひるがえる足もとは

何と見る
ほしみせに吊るされた
おかめと　ひょっとこ
この面の下にかくされた
子さらいの術
おたふくの面をつけた女は
やさしげに歩み寄る
まつりの宵は　おしろいの
妖艶な　においをさせた女が
子さらいを企てるもの
ほしみせに吊るされた
般若の面と
ひょっとこの面
ドコドン
ドコドン

ピーヒャラ
　ピーヒャラ
玉砂利越えて
誰かが消える
見事に子と共に
その向こうで
ほしみせにゆれる
おかめと　ひょっとこは
ただカラカラと
笑う　か

赤い山

山あい近くにいるわらしは
影ばかり残して
赤い山は　どろどろもえる色を
流しつづける
住みかを追われた動物たちは
もえる色に
あぶり出しの図を描く
音のない絵図をただ
ひろく描いて
音のないくうかんにふれてみる
わらしを捜してわたり歩き
わらじのひもは　きれるという

じっと耳をすましてみると
赤い山は　ごうごうと鳴りやまず
もえる色をびょうぶ絵に
ひろげまわしてふりかざし
おんなは
いま　しゅらとなる
さらさらと鳴りわたるくうかんに
浮く影ばかり残して
けたたましく鳴く鳥の声とともに
赤い山は　かっと大きく口をあけ
もえる色に影映して
ひろがり
じっ　とある

報復

黄土色の砂塵は
舞い上がり
うすぼんやりの
灯りがふつと消えていく
なだらかな丘陵が
おおきくまるみを帯びて
だんだんと膨張してくる
颪さえも黄色にそめた砂の舞
なにもかも
巻き込んで

そこでは
ほうしどもは
かすかな声さえあげられないでいる
見事な舞をあやつるくぐつ師に
じっとひそんで
いつの日かの報復をまっている

鬼ヶ島の花嫁

わたしの出生の地は
ここじゃねえと
しきりに
言うのだが

鬼ヶ島の嫁は
血を洗い流す
ひとり
抜けられない

血のにおい
しみついた
このからだ
のがれられない
育ちも

ここなのか

はまって
しまった

ゆくところ
　ゆくところ

生まれより
遠ざかる

それも
せんないこととて

しがらみ

担って背負って
贖罪《しょくざい》
みどり色した
眼の中に
ころころした異物
今だにある
とり除けないでいる
単々とした日常を
やり過ごす
芽吹く

殻は　いらない
叫んでは　いけない
さいの河原積みあげている
はたして
突きつけてみるか
切っ先

かげろう

ゆらゆらと動くかげろうの下には
また動くかげろうがあり
そのかげろうの下に　おんなの思いがうず巻く
思いと思いがからまって　おおきなかたまりとなり
さわさわさわさわ　かぜのひびき　地のひびき
舞いあがり　舞いたち　ぱたと止まる
ゆきの中をゆく　こなゆき舞いあがり　舞いたち
声がひびく　おんなの声か　それとも　おとこか　あれは
いつの世も　こせぬ坂はあるものか
こえたい坂はあろうのに

いつまでもゆれ動くかげろうに　こなゆきが
舞いあがり　ぱあっと散らばるよ
静かなひびき　地のひびき　かぜのひびき連なり
せんをつたう　影をつたう　おんなは　ぱたと止まる

じっと天をあおぎ　かかえるおんなの手は
ふるえつたう

地唄舞　太三味線の音ながれ　かぜがながれ
川がながれゆき　五月の空にどっと
なだれゆくもろもろ　こいのぼりに移りゆく

こえられぬ坂は　だれがこす
あのうしろ姿は　あかい空が覆うと立ちあがるもの
ゆらゆらと　立ちのぼるかげろう
あかく　まだあかく　なにをえぐり取ろうか
朱ににじむ空は　おんなの立ち姿
はんぶんにぶらさがっている

ぼけと　とぼけのこと

ぼけと
とぼけは
心のひだの
ともに連れそう
旅びと

夜のしらみかけた
道を　コトコト
　　コトコト
　がち車
ひいている

ぼけと
とぼけは
たがいに
飛びかい
重なり合って
空をあやなす
もよう

コトコト
コトコト
がち車の音を
たよりに
道をくだる

ぼけは

そうぜつ
夜じゅう
山道を
あるきとおして
足は
いばらで
ひっかかれ
まさに
いまよう
きつねばかされ

ぱしゃり
ぱしゃりと
一わずつ稲を
しごく

これが
おんなの一日の仕事

ぼけは
夜あけに
となりの家を
訪れて
歓迎してくれる
二匹のシェパード相手に
すわり込んでくる

孫息子に
これ誰や
と問われて
みごとに答え

たまには
まちがえんことも
あるわねと
涼しい顔で
とぼけは言う

悲しくも
正月帰りの孫娘に
湯を
つかわせて
もらうと
すまんことで
お世話さんでと
ていねいにおじぎをする

娘を持たない
おじぎの先は
何なのか
牛の鼻づら
とおりぬける
世辞の
なごり

ぼけと
とぼけは
背中合わせの
旅びと

葬る

（一）

電車がホームに
すべり込むと
座席が
また
ひとつ
あいていく

死に急ぐひとと
となり合わせに

あった時
とり残されるものは
たまらない

生まれる時も
死ぬ時も
いつもひとりだよ
と
お迎えを待ちわびて
ひたすら
手を合わせる
老女が
ことのほか
さみしがる

ひとりいくから
さみしいの
だれか
おいでよ！
と

（二）

しあわせは
だれかを
葬り去ってこそ
はじめて成り立つものだ
と気づいて

慄然とする
たったいま
地下に葬り去ろうとする
はらからのたれかれが
のどもとまで
こみあげてくるのを
のみ込んだ

わたしのまわりに
まといつく
すべてのものが
吹きあげられていく時
風葬ということばを
はじめて知った

もはや
風化していく
年寄りたちの歴史
それに連なる
親たちの歴史

肉親たちが
必死で
培ってきた
ものたちと
かれらの
愛憎の
ぶつかりあいと
もろもろの
心のひだの

関わりを
携えて
おとなのための
賽の河原へと
出立する

かれらには
風葬という
ことばが
もっともよく
似合うのだ
と
言いつづけながら

鬼のすみか　果てのすみか

Ⅱ

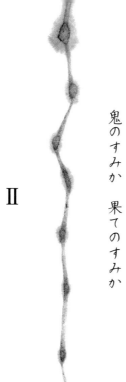

うんもの波をいくよ

どちらを向いても
きらら　きら
　りいりる　るる
雲母の波を
かきわけて　いくよ
わけて　すすんで
気がついたのだ
あれは　たしか
六角形の空だ　な　あ
あそこでおがめばよかった

ただ　だんまって
わたしのあたまは
ずんと重い　な　ま　り　いろ
あんたの袖には
きららがついてる
ふるっても　たたいても
ついてくる　くる
きらら　きら
　りいるる　るる
叫ぶなよなあ
わめくなよなあ

そのじつは　空にある雲の
わりあいが　わるくって
かあさまは

里帰りなされた
そういって
あたしはひとり
でなくってもいい
そうなのだ!
ちっぽけな　ささいなことを
くよくよしては
生活の足しにしている男と共に
毛ずねをただ　ずしいんと
だいていた　おんな　とか
あははと　あけっぴろけて
大きな胸に　男を養っていた
おんな　とか
を　捜しに出かけるのさ

かあさま　あたしの子を
方錐の奈落に　うっかり
おとさないで

六角形の空は　なにがみえる
と　ただ尋ねただけなの
どれだけ　とは　いわなかった

おおきな口をあけてる子が　ただ気がかりで
出がけに頼んでいっただけなのに

きらら　きら　うんも
うすく　はげやすい結晶群に
わたしの指がふれると
どうにも電気が伝わらない

決して　せいてはいないのだが
色あせてくると
（これは　目がみえるせいで）
両の指で顔をふせて
おろろ　おろろと流すもの

雲母の波は　双《もろ》の手を
ただ　必死
ぬるり　逃げたぞ
すると　やはり　さきほどの
雲のわりあいが　ずいぶん
むつかしくなってくるというわけだ
うすいということは
結晶群にとって致命的なこと
電気

でんきがとどいていない……これはぁ
オングストローム
光の波長のはなしに匹敵する

りいるる　るる　………るる

ただ用心して　お命大事と
いつつぎぬ着けて歩いていく
またまた
おおきな口をあけてる児《こ》

ゆびわ　そして息づくもの

ゆ　び　わ　河に流れていった
たくさんあるわ
婚約指輪も　そう
わたしには　みえない
だから　こより
流したら　とけちゃった

ああ　あの時計が
こわれて　針が
垂直に　おちて
くる――
でも　決してその時
逆まわりはしないと
ちかったためだ
指のしびれは

いよいよひどい
おなかの中に息づくものに
気がついて　よほど
満身の力をこめて引っぱっても
あの時計台のまわりを
幾度も　かけずりまわっても
また　針がこわれて
おおいかぶさってくる
じっ　と
のぞきこんでくる
だから　時計の話は
いいんだ　もう
外とうを　とってこよう
この寒さで
下腹がいたむというのに

どうしているのだ　あいつ
あお向けにも
ねむれなくなった

流したゆびわが
ゆらゆらする
水草にからんで
一歩も　先へ進みやしない
そこに　とどまろうとして
いるのさ
ひねくれたまま

生きている！　こやつ
月に照らされて
わずかに

上下運動を
しているのだ
あんな　時の　はかり
こわしてやる
ぜんまい狂わせて
しまってやる

あ
そうして
もんどりうったのに
まだ
おなかの中に
息づいている
かすかな　あ　ぶ　く

いつだったか

おまえさまと
わたしとのあいだのこと
もうわすれてもいいことだろうに

ただ　ひとよ
ただひとびとよ
ひとひとひとよ

ふん　もうくたぶれた
そうだ　くたぶれるほど
のことだった
だけど　わたしゃ
いわずにいられない

じりじりてりつけるそらは

おおきなお荷物せおった背中

むちゅうで　わたしゃ
はいずりまわり
むちゅうでせなかをわしづかみ
でもやっぱり
なんにもなかった
こんなはなしは　あたりまえ
とはよくぞ　ゆうてくだされた

大車輪　手に負えない大車輪
おまえさまの目の前に霜だ
降ってきた
そらは　からまわりをしたのだ
チッ　しくじりやがって

だけど　やっぱり
はいずりまわり
ふと　めをあけると
わたしゃひとり

わたしゃおまえさまの
よめさんだ
わたしゃこのやの
かみさんだ
わたしゃこのこらの
ははおやだ
ということがじじつなら
こんなところで
こんなとき

りんをたたいて
おがみはしない
こんなところで
こんなとき
いしだんかぞえて
みあげたりはしない

だけどやっぱり
はいずりまわり
ふと　めをあけると
わたしゃひとり

いつまでもぺったり
はりついたままの月だ
ああ　はがしてやれ

とっくに夜はあけている
　大車輪をふる空だ

ああひとよ　ひとひとよ
ひとひとひとよ　われならなくに

わたしゃこんなに
うずくのに
なんだって
ねているね
みているね
わらってるね

なむあみだ　なむあみだ
なむあみだだ　なむあみだ

そうさ　やっぱり
はいずりまわり
ふと　めをあけると
わたしゃひとり

いつだったかな
やっぱり
いつだったか
そうだ
そうだったろう
いつだったか

犯罪

かなづちもって
つちもって
いまさら――
おおきい　きず
せおった男に
おぶさって
ひしゃげた　からすき
りょうの手に　ひきずり
ほってほって
ほりぬいて
たった　ひとりの
ひとかげを
つきおとして
きてしまった
じっと　みつめて

犯罪をした
ことになる
と　いいのだが
と　しあんにくれて
まして
そのとき　かたうでが
とつぜん
もぎとられて
きたとしても
まっただなか
直線上のできごと
としか
みられはすまい
たのむから
かまわないでいてくれ

おかえしはしよう

糸をまさぐっては
つらなりくるもの
もとめずとて
もとめて
あえぐのに
かげからのぞく
ひとかげを
もっと
引きよせ
引きこみ
うしろから
ぽっぽと
肩たたく

手はなかったか
と　とうことは
欲望だったな

いつも　ちらちら
のぞいてみては
監視人
あれは
まさしく
経かたびら

ひとかげは
もう　忘れさったろ
ふみにじり
そらをみてみろ

いつの世も　よもつひらさか

いつの世も
よもつひらさか
こちらのもんだい

うとうてくれ
おおぐちあけて
おまえさま
もう　よかろうに

いや　うとうておくれ

よみのくに
わたしじゃ
わからぬか

まだ　わからぬか
まだなのか

いつの日も
ことのくりかえし
を　ふまえて
たびにでる

しりをからげて
さんざ　にげまどう
この日のくれに

日のくれがたは
みなみな
こぜわしく
きぜわしく

ただ　このてのひらを
こえんがため
いっぽんの毛も
むだにはすまい
よみへのたびじ

まだ
にげまどう
ひとかげよ

きゃはんすがたよ
くつぬぎよ
ここにある

はて
いつの世も
ただ　こちらの
もんだい

しりをからげた
この　たびじ
　わらじはすてたが
　よかろうぞ

さんざ　にげまどう

ひとかげに
きどぐち
あけては
やれまいか

いつの世も
よもつひらさか
ずしり　ずしりと
とおりませ

III

鬼のすみか　果てのすみか

トンネル

（一）

トンネルを
ぬけても
また
トンネルの
いり口に突きあたる

そしてまた
トンネルを
くぐりぬけていくと

別のトンネルに
ゆきあたる

ずっと先の方を
見渡すと
とおい
山のふところ近くまで
トンネルは　いまも
うねうねと
つづいている

逆さ宙吊りの
人形が
暗がりに
のぼんと

いったい
人形にもなれない人は
どこにいるのだろう

（二）

もえている
もやしている
逆さ宙吊りの
炎がもえている
夏の盛りの
炎をもえつき

もえつくせと
トンネルは
火をふいている

だれが
火をだしたの

ごおお
ごおおと
火をふく
ここは
こせない
もえつきる日の
くるまで

いま　いちど

いま　いちど
夏がきて
夏がすぎようと
している
何もかも乗せないで
いこうとするのか
あわてて追いすがろうと
して気づいた
乗せないでいこうと
している列車は
坂の上を走るから
危うい　と
ころころ
　ころげて
そのまま落ちれば

それもいい
——どんないろをしていたの
その列車　　窓はとびいろ

夏をこえても
なお　いきたいと
いきつくところへ
いきつくまでは
あおいき吐息で
手をさしのべるひとも
ないところ
にたって
いま　いちど
夏がきて
も

もっともうまく
　縄ないのできる百姓を
　　演じつづけて

万物の霊長という
うえに
神があるのなら
それは
ゆるしがたいこと
このような
ものいいをすれば
神への冒瀆だという

ところで
かかさまは
だれに
みそめられて
しまったの——
かみさまというひとに

みごとに
狂わせてしまった
ははおやの
じんせいを
わたしは
これから
みごとに
演じてみたい

と思う

しつように
行きたいと
思うほど
遠のくばかりの
みちのくを
かけてゆく
あざなえる
縄のように
ははおやが
みごとに
狂わせて
しまった
じんせいを

あざやかに
ぬれている
くちびるに
つと手をさしのべる
と
老婆は
口もきけないで
かぶりをふっている

みちのくより
はせめぐり
ひかる
いなほに
手をさしのべると

たちまち
つやはなくなり
ただの
いなほになる
ともかくも
ただの
いなほで
縄をなおう

あくまで
もっとも
うまく
縄のなえる
手のふしくれだった
百姓を

演じつづけていたいと
思うから

地ぞうの話

放られた子には
百万べんの
石積みよりも
地ぞうの話が
似合いそうな

これから
訪れるところに
石の地ぞうが
ある

その地ぞうは
親に放られた子を
遊ばせてくれる
という

黒い衣を
つけて
現れ
袖の下に
かくまって
くれるという

その衣の下で
子どもらは
何を

いとおしんだ

わたしが
これから
行くところに
いつのまにか
黒い衣を
つけた
地ぞうが
立っている

さいの河原には
あの世と
この世の
時限を

越えて
自在に
見えかくれする
鬼が現れる

子どもの
かくし谷に
住むという

かくれんぼの
鬼ではなく
いつのまにか
かくれていた子
が　いなくなった
ともだちを

失って
べそをかいた
がき大将が
ひとり
しょんぼり
去っていくとき

ひょっとして
黒い衣の地ぞうが
子どもらを
つれ去ったのかも
しれないと
わたしは
いま
思いはじめている

地ぞうの話は
百万べんの
石積みよりも
はるかに
地ぞうを
訪れることに
ありそうな

水際に立つ

わたしは
水際に立って
もう
さわがしく
波立つことは
なくなった
まして
さま変わりなど
することは
ない

水鳥のように
毛づくろいをして
水際で
はねを
のばしていよう

わたしの脳波が
鏡のなかで
水際近くまで
のびるとき
おおきく
うねる波に
波長を
かさねる
ことができる

波にゆれ
まかせ
海原に
こぎ出して
ゆける

風が
立ち木を
あおり立てても
心さわがせる
ことはない
波に立って
水平線の
方向に

同化して
ゆける

人のこころの
ざわめきは
水とともに
とかして
もはや
水際に立って
指揮棒を
振ることは
なくなった

波立つ
海原は

身をまかせれば
いつしか
そらの果て
海のはて
が
なくなり
気がつけば
そのなかで
風に出向いて
ひとり
立っていることに
なるだろう
から

*

いしだたみ

ごろごろ
歩け
世界は
遠い
とおい
とおい
せかいを
つくることを
創造という
いしのうえを
ごろごろ
あるけ

あの血と
この血を
よせあつめても
世界は
遠い。
だまっている
鉄びしを
仲間に
いれて
やろう
さあ　この手に
ひとかたまり
朱いものを
ください

あぶれもの

しばられていた
がんじがらめ
の
からのなか

のぞいた
そのめは
こうきしんかや
さいぎしんかや

さても　このさい
やめてみようか
かげほうし

とのそとは
もがけば
おちる
あなのなか
ずりおち
ずりこみ

するり
ぬけた
このこは
おに

ではなく
さかさに
つるされ
とてつもなく
むちうたれて
いろさめた
しんじゅいろ

にもかかわらず
さいそく
しいしい
おのれの
かおみる
こわさに
つるりなでる

そのおもて
みたか　きいたか
こうしどのそと

みやれ　そんなにも
あぶれものの
あるく　かげほうし

どらとともに
やってくるもの

とおい　ところで
どらが　ほえる
春のあらしに
のせられて
やってくるもの

いつくしみ
そだててきたもの
を　こわそうとする
いま
そらのとおく
水平線をこえた
むこうで
どらが　ひびき

流れていくもの
消してしまいたいもの
わたしの胎内のもの
血脈のもの
　手にとって
　たしかめて
花あらしと
ともに

必死に
やってくるもの
あたらしいもの
かわいいもの

いん石のように

わがままに
やってきて
でんと
わり込んで

ひかる
海辺の虫のよう
なくなれば
花崗岩を
けずってあげよう

さらさらと
指のあいだを
流れていくもの
血脈のもの

もう　手にとることは
いらない

必死に
あえいで
やってくるもの
春のあらしが
おくってきたもの

とおい
ところ
どらが　ほえる
雪山の稜線をふるわせて

おいで！

あかいくら

ちろ　ちろ
もえる　たねび
もえさかる
あかいはな
はなは　くちびる
ぬれた

おおきく　うねる
やまなみを
より険しい
尾根を
踏破して

やまびこをきく
両の手を
頬《ほ》にあてがい

あおいくうきの
中から
しろい毛なみのいい
雌うま
足をついたと思えば
土をけり
けったと思えば
霧の中に
忽然と
たて髪の
あおい影が

霧のむこうの
山なみに

あかいくらを
つけてきた
雌うま
誰のためのもの
おまえの子は
どんなやつに
やられたのだ

星の糸たぐりよせる情念
ほのおと共にもえあがる

こんどは

誰の子を
のせるのだい
そのあかいくらに

おまえの
出逢ったのは
ふこう
という文字
のほんのかけら

その
かけら　を
ひろって
星の深さを
はかるといった

やつは
まだ
はしごさえ捜せない

やさしそうに
くうきと共に
響いてきた魔王の声

時の谷間よ
滝つぼへ
流れが　きれる！

あア　こわいよ
　　　こわいよ
　　　おかあさん

ころり
と
せなかから
おちるまで
わたしには
きこえなかった

いしくれ
いしくれ
つんで　あそぼ

ちろちろ
ちちろ
もえる　たねび

まきをもっとくべろ
あかい舌よ
もえさかるか

さめたいろ

だ円のむこうへ
しがみついていた
せみが　おちる

クルクルクル
と
弧を舞いながら
ひっしで
生へむかって
あぶくを
はきつづけ

ところで
うつせみの心は
ころころ
と
ころがり
ひに映えて
たまむしの色を
反射する

いもの葉に
のせた
すいしょう玉
をすくう時
なんのためらいが
わきましょう

いろさめた
しんじゅの
はなの
手に
染まる
そのいろ

だ円のむこうへ
せみがおちる
コロコロ
　コロッ
おんなのわらい
をくりかえしていて

わたしと
あなたが
不仲になった時
しかと
それは
わかりましょう

はや
六月は
むこうへ過ぎゆく
いろも
いろとりどりの
むこうへ

ふうふ

今夜は　あたたかいねぇ
と　やっとの思いで
おたがいの空間位置を
たしかめあう
まふゆの雨の夜

ゆたかな材料で編みあげた
上着を投げかけると
ぱあっと散っていく
落下傘が家いえの軒下へ——
そしてそのまま

かみさんの舌の上へ
するりと乗りかえて
たちまちいぐさのとげが
突きたって指にからみついてくる
いぐさの口ぐちは
また口ぐちを産み
あかいほのおが舌なめずりして
幾万匹のへびがのたうつ

今夜は北の女王が
あれ狂っているから
すこし火のそばで
おはなししましょうよ
といっても
ちんちんこばかまの踊り出す夜のこと

針を何本使ったか
あわてて　みぞをかぞえ
たったそればかりのことを
いつも心にかけながら

そんなよめごは監視つきぞ
とのごは一切知らぬことゆえ
おたあさまのおおせのとおり
となる——
そんな百年ほど昔のおはなし
をくり返し
語り伝えて
いぐさのとげを
編みあげている

淵

淵は深い緑の目をして
強い力で呼んでいた
こいよ　こいよ
おおきな口をあけて
ぽっかりと
手まねきする
目の中から
磁力を持った
手がいくつも
おいでおいで
していた

指を一本口にすると
そのまま吸い込まれる
磁力線が渦巻いている
熱気ばかりの中を
もまれてしまう

ピーイピーッ
おちてくる
ばかりの鳥の声に
目をさました脳細胞
それっとばかりに
ひとつを投げる
目を見開いて手を届かせようと
大滝はゴーゴと渦巻き
総てを巻き込もうとする

果てしもない旅の途中で

砂漠に近い不毛の
地で
隊列を組み進むうち
その中で
たった　ひとり
はなれてしか
あとがつけない

色彩というほどの
色はない
明るさと暗さのほかに
茶褐色の
濃淡が散らばる
なだらかな
丘陵と平坦な地

足跡が入り乱れて
列を成す

それぞれの
衣服をわたる風の
かすかな音さえ
耳にも止まらない
何が過ぎ去ろうとしているのか
何ほどのものを動かそうと
しているのか
ちっぽけな家の歴史さえ
変えることもできないで——
歯がみして立ち尽くす
ピリッとはじが
ほどける音がして

そのとたん
砂のような
建物がくずれる
さらさらと
しずかに
当然のことわりの
ようなかおを
そらいっぱいに
おおきく
映し出し
一瞬　映像は
悪夢のように
舌のはじに苦さを
残して
ほろっと

かき消える
そのとき
何の音をきいたのだろう

何ほどのものも
残さなかった人が
このような突然の
消え方をしても
あまりに当然
だといっている

わたる風が
こちらを向いてくれれば
風だけでもよこしてやれたのに

わらし
かぜになった

かぜの音のように
きこえて
わらしは
たちあがる

ヒューヒューと
鳴る笛の
なかで
うすら笑いを浮かべて
舞いながら
いる

ひょうと
飛んで
ちょんと
おりたつ
　　　　よう

ゆびぶえのなかで
　ひょう　ちょん
　ひょう　ちょん
いやまさるおもいをこめ
ははさまへ　またとない
ひとたちもうてみせる
　　　　　と

つかまえようとて
つかまえられず
わらしはころがる
水のなかで
ころころ　ころ
ごろごろ
石のように洗われて
まるくなって流れる

わらしの飛びたつ
思いかけて
ひしと抱きかかえた小箱
　ひょう　ちょん
　ひょう　ちょん
小箱のなかには一文字

に口むすんだわらし
のぞけば足首に
飛びこめ雪わらし

笑うわらし
舞うわらし
ちりぢりに
舞い踊り
狂うわらしらよ
ころぶわらし
かけるわらし
つかもうとて
つかまらない

ヒューヒューと

鳴る笛のなか
ひょうと
飛んで
ちょんと
おりたつ

わらし　いるかあ

とんでいったぞ

かぜに　ともだちつれてくる
といってなあ

そらは　どこまでも　そら
をつきぬけて　みずのそこ

は　どこまでもそこだから

ヒューヒューと
鳴る笛のなか
うすら笑いを浮かべて
ひょう　と
そらにたつ

わらし
かぜに
なったぞお

Ⅳ

鬼のすみか　果てのすみか

旅立ち

おまえさまと　わたしとの事は
へその緒の切れた時からの事だと
ばあさまが教えてくれた
よもつひらさかを
いま　越えようとする時
あかりは　どの方向に見えたのか
提灯持って迎えにきてくれた
きつねたちの壮烈さよ
いま　輿入れをする花嫁姿に
正装をしたきつねたちが
ふかぶかと　おじぎをする
年寄りのきつねが

これより出立致します
と丁寧に挨拶をしにきた
切れたへその緒は
もとに戻るために添えられる
おまえさまと　また結ばれるため
なおも懐剣を忍ばせて
冥府への旅立ち
三日の月が　ぼうっと
天空にかかる
いつか山裾で子どもと共に
身を投げたおんなは
果たして　こんなふうに
嫁入りできたのだろうか
新たな花嫁姿は　いま一度
生き終えたことへの証し

幾久しい昔より
おんなは三界に家なしという
また新たに正装化粧して旅立つ
生きているあいだに
旅したことのない人は
いま　果てのない
旅立ちを始める

ひいな

にじんでゆく
街路燈が点々として
小さくなってゆく
点在する
ひいなの足跡
うっすらと白くなった
舗装路に裳裾をからげて
ひいなは　夜駛せる
どこぞへ　ダイブするつもりか
夜空に　星空に
昼間の賑わいの
赤い毛氈から抜け出して

ここは日野桟敷窓
江戸時代のひいなは
巴旦杏の眼をして
昼間は　ちんまり端座しておわす
年に一度の顔見世興行
春の陽気に誘われて
そぞろ歩きのひと　ひと
つい先だってまで
雪に閉じ込められた古い街並みに
華やいだひとの顔
ひいなは　すまし顔で
桟敷窓に　おわします
ひとときの賑わい

日野雛まつり紀行より

波

あなたの頭の
うしろには
沈殿した
静かな波がある
太陽のもとに
裸形をさらす星は
角度を変えて巡り
屈折をつかもうと
すべり込ませたその上に
畳みかけるような踊り
向こうが透けてみえる
浅く緩やかなこぼれ

途方もなく
果てしない
波の脳波に
くっきり映しとり
いつしか架けねばならない
白い橋
輝く波の橋を
この手で

あなたの
振り向いた
うしろに
澄み切った
波の踊り
すべり込ませた

映る
廻り燈籠
燈をともし
うしろに
沈殿した
静かな波がある

石切場

石切場の流れは
はやい
浮かぶ舟には
トルソを乗せて
互いの心ばかりを
探りあい
心揉みあう
たった　ひとつの
想念に
火を灯しつづけ
流れに
身を委ねる
銀のひと匙より
ふっと
こぼれる雫

破れた　くうきを
あわてて繕う
小さな口もとに
ひと匙
含ませて浮かぶ
渦の中

ぜひとも
訪れたい
石切場では
今も血を
切り売りする
という

海の向こうに

海が
心に宿って
にじんで流れてゆく
埠頭に打ちつけた波が
砕け散る
あっ！と　声をあげるか
波の向こうに
誰かの顔さえ浮かばない
もう　よそうよ
海に流れた児を捜すのは
きっと　どこかに
打ち上げられている

拾われた児は
どこかで育てられている
そうだねえ
海は　母だから
縁者を頼って
生きている

幕引き

もう幕は
降りたのだろ
いつまで
舞台にいるのか
黒子のひとりが言う

華やかな舞台の
余韻が消えないなか
立ち去ろうと
しない老人

スポットライトを
あびて
アクロバットまがいの
役どころを

演じた若者
舞台中央から
歩み寄って
老人に吸収される

さあ　じいさん
帰ろうか
黒子姿の若者が
肩を　たたいた

こくん
と　老人は
やっとのことで
小さく　うなずいたのだった

さくらのは

さくらのは　は
ないしょごと
そうっと　ささやいて
カサコソッと　おちるのです
だれに　秘密を伝えたいのか
どんな　ひみつを伝えたいのか

かぜの吹かない　静かな
陽だまりで
いっぽんの銀の糸をたらして
つうっと　おりてくる

音がする

とんとん
音がする

だれかが
おとなうている

雨だれか
雨だれのようで
ちがっている

ふっと　もらした
わらいのうえに

だれかが
ふうわりと
のってくる

ん？
それは
クスリと
もらした
すきまの
かぜ

そおっと
やってくる

あとがき

〝階段詩の会〟に二十六年、十七の歳からおいてもらいました。好きなことを好きなように言って大事にしてもらいました。それをなぜか飛び出して（今思うと、なぜかです）〝近江詩人会〟に入れてもらったのです。〝近江詩人会〟には、ざっと三十年おいてもらっています。ところが長い間書けなくて、最近になってやっと作品が書けるようになったのです。相変わらず筆が遅くて、これだけ長い間詩の会員でございといいながら、たったこれだけの作品しか詩集の中に編み込めるようなものはないのです。また、〝階段〟時代の作品がほとんどなのです。〝階段詩の会〟にせよ〝近江詩人会〟にせよ、何にもしない会員を、長い間黙って居ごこち良くおいていただきありがとうございます。ついでながら何にもしない会員といえば〝関西・賢治の会〟（現在は関西・宮澤賢治の会）についても然りです。こちらも十七歳の時から居座っています。

ところで、牧野富太郎博士をモデルとしたＮＨＫのドラマ上でのことばがあります。〝植物図鑑の完成は、ただの自己満足ではないか。誰もが植物図鑑を手に取って植物と共に居るということが大事ではないか〟と。

このことばを知ってわたしの作品は、ひとりよがりの作品ばかりなのかもしれないと思いながら、ただ自分のこころを書きたかっただけだなあとも思い返しています。果たしてどこまで深堀りできているのか。こころのままにというのが、わたしの悪い癖でもあります。

末筆ながら、この詩集を編むにあたって、左子真由美さまをはじめとする竹林館の皆さまには全面的お力添えをいただきました。原稿を送っただけで本に仕上げていただいて（行程も何にも知らない人間ですから、こんなこと言っております）、この上ないしあわせです。ほんとうに有難いことです。感謝のことばしかありません。

嶋村キヌ子

嶋村 キヌ子（しまむら きぬこ）

一九四八年　滋賀県に生まれる
二〇二一年　兵庫県に転居

所　属　「階段詩の会」会員を経て「近江詩人会」会員
「関西・宮澤賢治の会」会員

嶋村キヌ子詩集

鬼のすみか 果てのすみか

2024年1月19日　第1刷発行
著　者　嶋村キヌ子
発行人　左子真由美
発行所　㈱ 竹林館
〒530-0044　大阪市北区東天満2-9-4
千代田ビル東館7階FG
Tel 06-4801-6111　Fax 06-4801-6112
郵便振替　00980-9-44593
URL http://www.chikurinkan.co.jp
印刷・製本　モリモト印刷株式会社
〒162-0813　東京都新宿区東五軒町3-19

ISBN978-4-86000-510-8　C0092
定価はカバーに表示しています。
落丁・乱丁はお取り替えいたします。